Theodor Niedergesäss

Diabetes mellitus infantum

Antigonos

Theodor Niedergesäss

Diabetes mellitus infantum

Unveränderter Nachdruck der Originalausgabe von 1873.

1. Auflage 2024 | ISBN: 978-3-38643-570-3

Antigonos Verlag ist ein Imprint der Outlook Verlagsgesellschaft mbH.

Verlag: Outlook Verlag GmbH, Zeilweg 44, 60439 Frankfurt, Deutschland
Vertretungsberechtigt: E. Roepke, Zeilweg 44, 60439 Frankfurt, Deutschland
Druck: Libri Plureos GmbH, Friedensallee 273, 22763 Hamburg, Deutschland

Diabetes mellitus infantum.

INAUGURAL-DISSERTATION,

ZUR

ERLANGUNG DER DOCTORWÜRDE

IN DER

MEDICIN UND CHIRURGIE

VORGELEGT DER

MEDICINISCHEN FACULTÄT

DER FRIEDRICH-WILHELMS-UNIVERSITÄT

ZU BERLIN

UND ÖFFENTLICH ZU VERTHEIDIGEN

am 11. Juli 1873

Theodor Niedergesäss

aus Schlesien.

OPPONENTEN:

M. Seiffert, Dd. med.
Fr. Rahn, Dd. med.
H. Bamberg, Cand. med.

BERLIN.

BUCHDRUCKEREI VON GUSTAV LANGE (OTTO LANGE).
Friedrichs-Strasse 103.

Seinem

Bruder Robert

gewidmet

vom Verfasser.

Diabetes mellitus bei Kindern ist eine so ausserordentlich seltene Affektion, dass selbst weit erfahrene Beobachter niemals einen Fall gesehen, und einige Autoren sein Vorkommen überhaupt bezweifelt, sogar geleugnet haben. West hat denselben unter den von ihm im Kinderhospital zu London behandelten 16,000 Kindern nicht einmal gesehen. Prout constatirt, dass er nur einen Fall bei einem Kinde von 5 Jahren, und nur 5 bei Individuen von 8—20 Jahren unter 700 Fällen von Diabetes beobachtet hat. Bouchut spricht davon als von einer ungemein seltenen Erscheinung bei Kindern und ist auf keinen Fall gestossen. Dagegen behauptet Venables (Pract. treat on diabetes), dass Diabetes mellitus im frühen Kindesalter eine sehr häufige Krankheit sei, doch lässt er seine Angaben unbewiesen, da unter seinen Fällen alle möglichen Krankheiten einbegriffen sind, und der Zucker fast nie konstatirt ist. (Griesinger. Gesammelte Abhandlungen).

Ausser Prout wollen Bell, Voltolini, Bouchardat, Mac Gregor Willis und Dewees je einen oder mehrere Fälle von Diabetes mellitus bei Kindern beobachtet haben, doch ist uns von ihnen nur das Faktum des Vorkommens ohne jede ausführliche Mittheilung überkommen, so dass wir, da auch zum Theil diese Beobachtungen aus einer Zeit stammen, wo in Bezug auf den Nachweis von Zucker im Harn grobe Fehler begangen wurden, dieselben einigen sicher konstatirten, sorgfältig beobachteten und näher mitgetheilten Fällen nicht anreihen können. Ausgeschlossen von der folgenden Zusammenstellung sind endlich einige ältere und zweifelhafte Fälle, die eine nur transitorische Meliturie, wie sie nach heftigen Gemüthsaffekten oder von Goolden (Lancet 1854) vol. II bei Dentitio difficilis der Kinder beobachtet ist, oder nur vermehrte Diurese, Polyurien, gewesen zu sein scheinen, — letztere wurde namentlich von Prout häufig bei Digestions- und Assimilationsstörungen zur Zeit der Entwöhnung, wenn die Milchnahrung mit der weniger zweckmässigen vegetabilischen Kost vertauscht wurde, beobachtet. — Die dabei durch tonisirende Behandlung erreichte Heilung spricht kaum für die Annahme eines Diabetes mellitus verus. — Folgende wenige, sichere Fälle wurden von Herrn Dr. Senator in der Literatur aufgefunden: Hauner: Casper's Wochenschrift 1850, Nr. 21 bei einem 1jährigen Mädchen. Brown: Americ. Journal of obstetries and diseases of women and children 1868, bei einem 1¾jährigen Mädchen. Heiberg: Journal für Kinderkrankheiten 1861, XXXVII, bei einem 9jährigen Mädchen. Fischer: Archiv général 1862. II, 437, bei einem 11jährigen Mädchen. Bakler: Bayerisches Intelligenzblatt 1868, bei einem 8jährigen Knaben. Gelmo: Jahrbuch für Kinderkrankheiten 1861, II, bei einem 6jährigen Mädchen.

Verfasser ist in der Lage, diesen noch 3 in der Literatur aufgefundene Fälle hinzuzufügen:

Seegen: Monographie über Diabetes mellitus, 1 bei einem 11jährigen Mädchen, 1 bei einem 12jährigen Mädchen. Schmitz: Berliner klinische Wochenschrift 1873. No. 19, vom 12. Mai, bei einem 4jährigen

Mädchen. — Ausserdem hat Herr Dr. Senator 2 Fälle, 1 bei einem 13jährigen Knaben und 1 bei einem 12-jährigen Mädchen beobachtet; dieselben sind mitgetheilt in der Berliner klinisch. Wochenschrift 1872. No. 48. Verhandlungen der Berliner medicinischen Gesellschaft.

Dazu kommt endlich noch 1 Fall bei einem 12jährigen Mädchen, den Verfasser während des Wintersemesters 1872/73 in der Poliklinik des Herrn Professor's J. Meyer längere Zeit hindurch zu beobachten Gelegenheit hatte, und welcher der Veröffentlichung werth erscheint.

Anamnese.

Agnes S., 12 Jahr alt, hatte in ihrer frühen Jugend die gewöhnlichen Kinderkrankheiten überstanden und ist im Uebrigen stets gesund gewesen. Im Juli 1871 hatte sie das Unglück, mit einem ganz jungen Kinde auf dem Arm, mehrere Stufen einer Treppe hinabzustürzen. Bei diesem Fall erlitt sie eine allgemeine ziemlich starke Erschütterung des Körpers und erhielt eine kurze, gestreifte Wunde am Kopfe seitlich der Sutura sagittalis, sie verlor nur für einige Augenblicke das Bewusstsein, während das jüngere Kind an den erlittenen Verletzungen zu Grunde ging. Patientin hat im Verlauf der folgenden 11 Monate keinerlei Hirnerscheinungen gehabt; im Juni 1872 begann sie über anhaltenden Kopfschmerz zu klagen, der allmählig zunahm, so dass sie sehr verdriesslich wurde und eine traurige, ängstliche Gemüthsstimmung ihrer früheren Lebhaftigkeit und Heiterkeit Platz machte. Nach kurzer

Zeit bemerkte ihre Mutter, dass sie mehr Urin als gewöhnlich liess, besonders des Nachts, und dass sie viel trank. Der Appetit war wenig verringert, die Verdauung schien gestört, sie klagte über drückenden Schmerz in der Magengegend, der Stuhlgang war bisweilen retardirt. Auf wenige Wochen trat schwache Besserung ein, bis sie über grosse Müdigkeit und Mattigkeit, über Ziehen im Rücken, Schwere der untern Extremitäten zu klagen anfing, dabei war ihr Appetit besser geworden und nahm sie ziemliche Mengen von Nahrung zu sich; öfters will sie schnellvorübergehende Ohnmachten gehabt haben. Ihre Schwäche und Hinfälligkeit nahmen bei der starken Abmagerung allmählig so zu, dass sie nicht mehr im Stande war, ihre bisherigen kleinen häuslichen Verrichtungen und ihre Schularbeiten zu besorgen, sondern den grössten Theil des Tages liegend zubrachte. Zu diesen Beschwerden gesellte sich Kopfschmerz, Brechneigung und hartnäckige Constipation. Die Harnmenge war sehr bedeutend — 5 pr. Quart nach den Angaben der sorglichen Mutter —, derselbe hatte eine strohgelbe Farbe und einen unangenehm süsslichen Geruch.

Bei der angeordneten und streng durchgeführten absoluten Fleischdiät trat eine wenn auch nicht bedeutende Besserung ein, die aber nur von kurzer Dauer war, da die eingetretenen Verdauungsbeschwerden eine Aenderung der dargereichten Kost erforderten. Patientin hatte wiederholt Erbrechen, heftiges Aufstossen, Schmerz in der epigastrischen Gegend und Constipation; die Defäkation war schmerzhaft. Das Abdomen war sehr voluminös und stark gespannt. Im Oktober will

Patientin eine deutliche Abnahme des Sehvermögens wahrgenommen haben, auch sehr aufgeregt und unruhig gewesen sein, so dass sie auch die Nächte meist schlaflos zubrachte. — Fieber hatte während der ganzen Dauer dieser Erscheinungen nicht bestanden. —

Die Diagnose wurde, abgesehen von den charakteristischen Erscheinungen, welche Patientin darbot, durch die chemische Untersuchung des Harns, die nach kurzem Bestehen der Symptome vorgenommen wurde, gesichert, und demnächst eine entsprechende Behandlung eingeleitet.

Was zunächst die diätetische Behandlung anbetrifft, so wurden die üblichen Vorschriften in strengster Form angeordnet. Wie oben schon erwähnt, wurde nach nur kurzer Durchführung dieser Anordnungen eine gemischte Kost gereicht, da sich bekanntlich eine absolute Abstinenz von stärkemehlhaltigen Speisen als unnöthig und unzweckmässig erwiesen hat. Ihrem unwiderstehlichen Verlangen nach Weizenbrod wurde deshalb nachgegeben, wenn auch nur in geringem Maasse. Als Getränk wurden ihr Rothwein, Kaffee, Thee, kohlensäurehaltige Wässer (Selterswasser), neben dem Brunnenwasser in unbeschränkter Menge gestattet. Gleichzeitig wurde eine medikamentöse Behandlung eingeleitet, und wurden aus der grossen Reihe der gegen Diabetes mellitus als wirksam empfohlenen Medikamente folgende angewendet: Zuerst das Opium, als Palliativmittel in Form der Tinctura opii simplex allein, oder in Verbindung mit Tinctura ferri pomata zu gleichen Theilen, um auch die vorhandene sehr starke Anämie zu bekämpfen; die Dosis war 15—30 Tropfen pro die.

Da jedoch unter dem längere Zeit hindurch fortgesetzten Gebrauch desselben keine wesentliche Besserung zu bemerken war, vielmehr stärkere gastrische Störungen augenscheinlich durch den Gebrauch desselben hervortraten, so wurde dasselbe ausgesetzt, und zur Darreichung des Leberthranes geschritten; auch von diesem war eine bessernde Wirkung nicht zu erkennen. Natron bicarbonicum wurde als wirkungslos bald verlassen, da man keinen andern Erfolg sah, als dass die Zucker- und Harnmengen, welche zuerst um Unbedeutendes abnahmen, schnell wieder die vorher beobachtete Höhe erreichten. Solutio arsenicalis 10—14 Tage gegeben, hatte gar keinen Einfluss. Eine Besserung des Allgemeinbefindens und des Ernährungszustandes, oder eine Abnahme der Intensität der Symptome wurde also durch diese Medikation nicht erreicht.

Unter den oben beschriebenen Symptomen kam Patientin im November 1872 in die Behandlung der Königlichen Universitäts-Poliklinik.

Status praesens.

Agnes S., von kleiner Statur, sehr bleich aussehend, ausserordentlich abgemagert. Panniculus adiposus fast vollständig geschwunden; die Muskulatur ist sehr schlaff, von sehr geringem Umfange. Die sehr dünne, trockene und welke Haut zeigt an einigen Stellen deutliche Abschilferung und lässt sich in Falten überall, besonders an den Extremitäten abheben. Die Temperatur beträgt in der Achselhöhle 37,2. Patientin klagt über heftiges Hautjucken und hat sich durch das fortwährende Kratzen einige oberflächliche Substanzverluste auf dem Rücken und den Extremitäten beigebracht. Furunkel sind nirgends vorhanden, doch befindet sich am Nacken eine kleine, unregelmässige Narbe, die von einem früher vorhanden gewesenen, mässig grossen „Blutschwär" herrühren soll.

Das Körpergewicht der Patientin beträgt 20½ Kilogramm.

Die Lippen- und Mundschleimhaut ist trocken und sehr anämisch, es besteht ein eigenthümlicher Foetor ex ore, dagegen kein abnormer Geschmack auf der Zunge. Das Zahnfleisch ist lose und zum Theil geschwunden, am rechten und linken Oberkiefer fehlen 2 resp. 3 Backenzähne, am Unterkiefer linkerseits 1 Eckzahn und 2 grössere Backenzähne, die übrigen zeigen eine von hinten nach vorn fortschreitende Caries. Die Zunge ist eigenthümlich gezeichnet, vielfach von Rissen in den verschiedensten Richtungen durchsetzt; einzelne Stellen sind stark geröthet, wie vom Epithel entblösst, und die Papillen erscheinen besonders am Zungenrande vergrössert. Ausser über grosse Trockenheit im Munde klagt Patientin über kaum zu stillenden Durst; ihr Appetit ist ausserordentlich stark, doch hat sie trotz reichlicher Nahrungsaufnahme kein Gefühl von Sättigung. In der Regio epigastrica besteht noch ein unbestimmter auf Druck zunehmender Schmerz. Der Leib ist schmerzhaft gespannt, der Stuhlgang retardirt, die Stuhlausleerungen selbst trocken und fest enthalten einige sehr harte Scybala. Der Drang zum Urinlassen ist ziemlich stark und häufig, die 24 stündige Harnmenge beträgt 5750 Cbcemts.

Die Leber ragt 3 Finger breit unter dem Rippenrande hervor, hat eine glatte Oberfläche, ist ziemlich hart anzufühlen, gegen Druck nicht empfindlich; der Leberrand ist scharf. Die Milz ist nicht vergrössert, Ascites nicht vorhanden.

Der Thorax ist ausserordentlich flach, verhältnissmässig lang und schmal, die Intercostalräume sind breit und eingezogen, die Clavicula prominirt beiderseits ziemlich stark. Der Respirationstypus ist costoabdominal. Die Fossa supraclavicularis dextra ist eingezogen; die Percussion ergiebt an dieser Stelle einen schwach gedämpften Schall, ebenso eine kurze Strecke unterhalb der Clavicula, in der Fossa supraspinata dextra sind die Erscheinungen entsprechend, im Uebrigen findet sich lauter Lungenschall.

Das Athmungsgeräusch ist in der Fossa supra- und infraclavicularis dextra abgeschwächt bronchial, von sehr spärlichem Rasseln begleitet, dem entsprechend hinten, an den übrigen Stellen normal. Der Herzstoss ist im 5. Intercostalraum in der Linea mamillaris zu fühlen, ist etwa $1\frac{1}{2}$—2 Centimeter breit und wenig resistent. Die Herzdämpfung ist normal, die Töne sind schwach und undeutlich hörbar, nirgends ist ein Geräusch wahrzunehmen. Der 2. Pulmonalton ist mässig verstärkt, die Arteria radialis ist wenig gespannt, weich und von sehr geringem Umfange, der Puls ist klein und leicht zu unterdrücken; die Pulsfrequenz beträgt 75 pro Minute.

Die Erscheinungen von Seiten des Nervensystems sind folgende: Ausserordentliche Reizbarkeit und Aengstlichkeit, grosse Verstimmung und Abneigung gegen die geringste physische oder geistige Anstrengung, Schlaflosigkeit, veranlasst durch sehr lebhafte und beängstigende Träume, oft wiederkehrende Kopfschmerzen und Ohnmachten. Die Sensibilität ist erhöht; das Gedächtniss der Patientin hat abgenommen. — Das Sehvermögen ist für die Nähe und die Ferne herabgesetzt, auch ist die Sehschärfe geringer geworden. Die Pupillen sind auf beiden Seiten gleich weit, die Iris reagirt auf Lichtreize. Die Augenmedien sind nicht getrübt. Lähmungserscheinungen sind nirgends vorhanden.

Die Harnuntersuchung wurde unter genauer Beobachtung aller Cautelen vorgenommen, und sowohl die erste als alle folgenden durch eine jedesmalige gleichzeitige zweite Untersuchung controlirt. Herr College. Rahn hat sich bereitwilligst der grossen Mühe unterzogen, die vom Verfasser erhaltenen Resultate theils mit dem Ventzke-Soleil'schen Polarisationsapparat, theils durch die chemische Analyse zu prüfen: bis auf einige Zehntelprocente stimmten sie überein und sind in den folgenden Angaben mit I und II bezeichnet.

Verfasser verfuhr bei der quantitativen Untersuchung auf folgende Weise. Es wurden zunächst 10 Cbcmtr. des Harns mit 90 Cbcmtr. destilirten Wassers verdünnt und gehörig vermischt (10%), von der Fehling'schen Lösung*) wurden 20 Cbcmt. mit dem zweifachen Volumen destilirten Wassers verdünnt (um bei der Reaktion die

---

*) Die Fehling'sche alkalische Kupferoxydlösung (schwefelsaures Kupferoxyd, weinsaures Kali-Natron und Natronlauge mit Wasser verdünnt), ist so titrit, dass 20 Cbcmtr. dieser Lösung von 0,1 Gr. Traubenzucker reducirt werden.

Nüancirungen besser zu erkennen, in einem Glaskolben vorsichtig erwärmt und aus einer graduirten Bürette, welche den verdünnten Harn enthielt, soviel zugelassen, bis alles Kupferoxyd zu Kupferoxydul reducirt war. Nach kurzem Stehenlassen des Kolbens senkte sich der suspendirte Niederschlag zu Boden, die darüber stehende Flüssigkeit wurde farblos und klärte sich; zur Controle wurde letztere mit Ferrocyankalium versetzt, dem charakteristischen Reagenz auf Kupfersalze — es erfolgte kein Niederschlag. Waren nun z. B. bei der ersten Analyse 16 Cbcmtr. der Harnmischung $= 1,6$ Cbcmtr. Harn zugelassen, bis 20 Cbcmtr. der Fehling'schen Lösung reducirt waren, so mussten erstere d. h. 1,6 Cbcmtr. Harn 0,1 Gr. Zucker enthalten. Dies giebt nach der Gleichung $1,6 : 0,1 = 100 : x$ oder $x = 100. \ 0,1 : 1,6$ oder $x = 100 : 16, \ 6,25\%$ Zucker. Die 24stündige Zuckermenge betrug also bei einer Harnmenge von 5750 Cbcmtr. 358 Gr.

Der Harnstoffgehalt, von Herrn Dr. Senator bestimmt, betrug 0,94%. Die Farbe des Harns war grünlich-gelb, Reaktion sauer, spezifisches Gewicht 1025.

Die Controlprobe ergab 6,1% Zucker.

Die Prognose war als eine ungünstige zu bezeichnen.

Die Behandlung war eine diätetische und eine medikamentöse. Wir behielten die in Bezug auf erstere bereits früher getroffenen Vorschriften mit den schon erwähnten Modifikationen bei, da es sicher erwiesen war, dass bei absoluter Fleischdiät der Zustand der Patientin sich nicht gebessert hatte, wir kamen dem Bedürfniss der Patientin ferner dahin entgegen, dass wir Milch in mässiger Menge gestatteten.

Der therapeutischen Behandlung blieb, da die üblichen Mittel alle ohne Erfolg gewesen waren, nur noch das von Schultzen in der neuesten Zeit empfohlene Glycerin übrig; wir erfüllten die von genanntem Autor angegebene Bedingung, nämlich die Darreichung absoluter Fleischdiät neben dem Medikamente, schritten jedoch erst, nachdem eine 10tägige medikamentenfreie Zeit verflossen war, am 5. December zu dieser Behandlung.

Dargereicht wurde das Glycerin nach Schultzen's Vorschrift in folgender Formel: Recp.

Glycerini purissimi 20,0

aquae communis 1000,0

acidi citri 5,0.

M. D. S. Im Laufe des Tages zu trinken. — An den folgenden Tagen wird diese Medikation wiederholt.

Status des 5. December 1872. Befinden der Patientin wenig verändert.

Harn: Farbe: hellgelb, Reaktion: sauer 24stündige Harnmenge. 5500 Cbcmtr. S. G: 1035 Z.-G. I. 6,3. II. 6,5. Zuckermenge pro die: 350 Gr.

10. December. Status des 5. December.

Harn: Farbe hell. Reaktion: sauer, 24stündige Menge 5900 Cbcmtr. S. G. 1034. Z.-G. I. 8,3 II. 8,1, pro die 475 Gr., Harnstoffgehalt 0,87%.

Am 11. December stieg die Harnmenge, Zuckermenge nicht bestimmt.

Am 12. December werden 30 Gr. Glycerin pro die verordnet.

13. December. Durst nicht vermindert, Appetit hat nachgelassen.

Harn: klar, Reaktion: schwach sauer, 24stündige Menge 6250 Cbcmtr., Sp. G: 1032. Z.-G. I. 8,2. II. 8,0 pro die 505 Gr.

Am 15. December werden bei steigender Harn- und Zuckermenge 50 Gr. Glycerin gereicht.

18. December. Patientin hat seit gestern so heftige Diarrhoe, wie sie seit ihrer Erkrankung noch nicht beobachtet wurde. Die Faeces sind sehr dünn und sehr übelriechend. Der Appetit ist bedeutend vermindert, Durst nicht, es besteht Brechneigung. Der Leib ist sehr voluminös und klagt Patientin über ein sehr lästiges schmerzhaftes Kollern im Abdomen.

Harn: Farbe röthlich gelb, schwach trübe von Uraten. Reaktion: wenig sauer, 24stündige Menge 5560. S. G. 1036 Z.-G: I. 8,4 II. 8,3, pro die 460 Gr.

Das Glycerin wird nicht weiter dargereicht und der Patientin wieder eine kombinirte Nahrung gestattet. Gegen die Diarrhoe wird Tinctura opii simplex verordnet.

22. Decbr. Patientin ist sehr entkräftet, klagt noch über Aufstossen, Uebelkeit und Brechneigung und ist sehr erregt; die Diarrhoe ist ziemlich geschwunden. Seit einigen Tagen hat sich stärkerer Husten eingestellt, Sputa werden nicht expektorirt. Die Auskultations- und Perkussionsphänomene sind nicht merklich verändert. In der Umgebung der Malleolen, sowie auf der Dorsalseite des rechten Fusses hat sich ein Oedem gebildet.

Harn hell und klar, von saurer Reaktion. 24stündige Menge 5950. S. G. 1035, Z. G. I 7,4%, II 7,2%. 440 gr. pro die, enthält kein Eiweiss.

29. December. Der Appetit hat sich bedeutend, das Allgemeinbefinden wenig gebessert.

Harn von gewöhnlicher Farbe und Reaktion. Menge: Nachtharn 2950, Tagharn 3460 Cbctm. S. G. 1033, Z. G. I 7,0 %, II 7,2 %; 450 gr. pro die.

3. Januar 1873. Der Zustand ist wenig verändert, seit einigen Tagen hat Patientin einen immer mehr zunehmenden stechenden Schmerz beim Urinlassen. Das Abdomen ist stark gespannt, auf Druck schmerzhaft; bei der manuellen Untersuchung fühlt man einen dem Verlauf des Colon entsprechenden harten und runden Strang, der sich durch Ansammlung von Faecalmassen gebildet hat. In der Umgebung des Orificium urethrae und auf der linken grossen Schamlippe hat sich wahrscheinlich in Folge der Bespülung dieser Theile durch zuckerhaltigen Urin ein Eczem gebildet (Eczème glycosurique der Franzosen). Der Urin ist hell, stark schäumend; die 24stündige Menge beträgt 5900 Cbctm. S. G. 1031, Z. G. 7,1 %, II 6,8 %, pro die 400 gr. Dargereicht wird ein Caxans und möglichste Reinhaltung der excoriirten Stellen empfohlen.

10. Januar. Die Empfindlichkeit des Abdomen hat aufgehört, der Stuhlgang ist ziemlich regelmässig. Der Schwächezustand und die Abmagerung ist sehr bedeutend. Das Körpergewicht beträgt 34 ℔. Das Sehvermögen hat noch mehr abgenommen. An die Stelle der bisherigen Unruhe und Aufgeregtheit ist Apathie getreten. Der rechte Fuss und Unterschenkel sind mässig oedematös geschwollen, auch im Gesicht, besonders am linken oberen Augenlide ist ein leichtes Oedem wahrzunehmen.

Der Harn enthält kein Eiweiss, auch sind bei mikroskopischer Untersuchung keinerlei morphologische Bestandtheile zu erkennen. Die 24stündige Menge beträgt 7600 Cbctm. S. G.. 1031. Z. G., I 7,6, II 7,4, pro die 570 gr. Harnstoffgehalt 0,92.

Am 12. und 13. Januar wurden je 25 gr. Glycerin den verschiedenen Getränken beigemischt.

14. Januar. Patientin bietet, wenn auch in geringerem Maasse, dieselben Erscheinungen, wie nach dem ersten Gebrauch des Glycerins. Sie empfindet Uebelkeit, hat bitteren Geschmack im Munde und häufiges Aufstossen, drückendes Gefühl in der Regio epigastrica, der Stuhlgang ist dünnbreiig. Die nervöse Reizbarkeit schien wiederzukehren.

Der Harn hat eine dunkelere, saturirte Färbung, zeigt beim Stehen ein röthliches Sediment von harnsaurem Natron; reagirt nur schwach sauer; die 24stündige Menge beträgt 7840 Cbctm., S. G. 1030. Z. G. I 7,7 %, II 7,45 %, pro die 587 gr. Glycerin wird nicht weiter dargereicht.

18. Januar. Patientin hat am Tage mehrere Ohnmachten, klagt über stärkere dyspnoëtische Beschwerden und Schmerzen in der Regio hypochondriaca dextra, die von dort ausstrahlend die entsprechende Seite des Körpers, die Regio lumbalis und die hintere Thoraxwand einnehmen. Die Untersuchung der Leber ergiebt den früheren Befund. Der Herzimpuls ist äusserst. schwach, Herztöne undeutlich vernehmbar, der 2. Pulmonalton erscheint klappend. Die Spannung der Arteria radialis ist sehr gering, der Puls kaum sicher zu fühlen, und fadenförmig, die Frequenz schwer zu bestimmen.

Die Haut ist leicht gelblich gefärbt, ebenso die Conjunctiva; die Temperatur in der Achselhöhle beträgt 37,2. Der Harn ist hellgelb, deutlich sauer, die 24stündige Menge 7250 Cbctm. S. G. 1031, Z. G. I 7,4, II 7,3 pro die 535 gr. Harnstoffgehalt nicht bestimmt.

21. Januar. Der Zustand hat sich verschlimmert, der Appetit ist fast ganz geschwunden, Durst noch stark vorhanden. Patientin bemerkt, dass sie in der letzten Zeit viel Haare verloren habe.

Harnmenge 5740 Cbctm. S. G. 1036., Z. G. 7,8. — Verordnet wird Leberthran.

25. Januar. Patientin ist so entkräftet, dass sie unfähig ist, sich aufrecht zu halten, bringt daher Tag und Nacht fast regungslos mit schlaff herabhängenden Armen im Bette zu, nimmt sehr wenig Nahrung zu sich, verlangt dagegen oft Wasser. Die Ohnmachten halten längere Zeit an. Die Haut ist kühl; die Pulsfrequenz, an der radialis nicht messbar, beträgt an der carotis 95—100. Die Respiration ist etwas beschleunigt. Der Leib ist durch Ansammlung von Darmgasen stark aufgetrieben. Die Schmerzen in der Lebergegend bestehen noch. Der Harn ist leicht getrübt, von hellgelber Farbe und saurer Reaktion. Die 24stündige Menge beträgt 5560 Cbctm. S. G. 1038, Z. G. I 8,2 %, II 8,0 %, enthält Spuren von Eiweiss.

Am 27. Januar traten Lähmungs-Erscheinungen, Sprach- und Bewusstlosigkeit, heftige Convulsionen auf, und der Tod erfolgte im Coma. Die Obduktion konnte leider nicht gemacht werden. Die Leiche ging sehr schnell in starke Verwesung über. —

Ausser dem grossen allgemeinen Interesse, welches

dieser Fall darbot, hatte Verfasser dabei noch speciell Gelegenheit, die Wirkung des in der neuesten Zeit gegen Diabetes empfohlenen Glycerins näher zu beobachten. Bekanntlich behauptet Schultzen, gegenüber den bisherigen Ansichten, nach denen der Zucker im Organismus direkt zu Kohlensäure und Wasser verbrennen soll, dass auch nicht eine Spur davon direkt verbrenne, dass vielmehr der Zucker normal sich unter Aufnahme von Wasserstoff in Glycerin und Glycerinaldehyd spalte durch Einwirkung eines nicht näher bekannten Fermentes. Da nun bei Diabetes mellitus dieses Ferment fehle, so werde der Traubenzucker, welcher als solcher im Körper unverbrennbar sei, unverändert ausgeschieden und dadurch dem Organismus sein Hauptbrennmaterial ungenützt entzogen. Würde letzteres im Glycerin, welches im Körper zu Kohlensäure und Wasser verbrenne, dem Organismus wieder zugeführt, in Verbindung mit der Abstinenz von Amylaceen, so schwänden alle Erscheinungen des Diabetes, die Ernährung selbst der heruntergekommensten Individuen nähme in der überraschendsten Weise zu, während bei absoluter Fleischdiät ohne gleichzeitige Darreichung des Glycerins der Zucker zwar fast schwinde, der Diabetiker jedoch schwach und elend bleibe; selbst die später folgenden Ernährungsstörungen (Cataract Tuberculose und Turunculose) verlieren sich vollkommen. —

Welchen Werth diese theoretischen Voraussetzungen haben, müssen nähere Untersuchungen erst lehren. Ich für meinen Theil will nur in Kurzem die über die Wirkung des Glycerins gemachten Beobachtungen mittheilen.

Glycerin, 20 gr. pro die, wurde zum ersten Male am 5. December bei absoluter Fleischdiät dargereicht; nach 5tägigem Gebrauch war die Harnmenge um 400 Cbctm., die Zuckermenge um 125 gr. pro die vermehrt, der Harnstoffgehalt um 0,07 % vermindert. Nach 2tägigem Gebrauch von je 30 gr. hatte sich die Harnmenge wiederum um 350 Cbctm, die Zuckermenge um 30 gr. vermehrt, dabei traten leichte gastrische Erscheinungen auf.

Bei noch grösserer Dosis, 50 % pro die, verminderte sich die Harnmenge um 690 Cbctm, der Procentgehalt des Zuckers stieg um 0,3 %, die absolute Zuckermenge fiel um 45 gr.; ausserdem hatte sich ein sehr intensiver Gastro-Intestinalcatarrh gebildet, der uns, um Patientin nicht zu sehr zu schwächen, veranlasste, sofort das Glycerin auszusetzen. Wir waren also nicht so glücklich, wie Schultzen, bei reiner Fleischdiät und gleichzeitiger Glycerinfütterung die Erscheinungen des Diabetes schwinden und eine Besserung des Allgemeinbefindens beobachten zu können, vielmehr mussten wir eine evidente Zunahme der 24stündigen Zucker- und Harnmenge constatiren. Die geringe Verminderung der Harnmenge nach dem kurzen Gebrauch einer grossen Dosis ist wohl dem Umstand zuzuschreiben, dass durch die in Folge reichlicher Wasserentziehungen aus den Darmkapillaren entstandenen copiösen dünnflüssigen Durchfälle die Nierenthätigkeit herabgesetzt wurde. Man wird wohl kaum gegen diese Beobachtungen einwenden, dass die üblen Erscheinungen nur zufällige gewesen seien, und in keinen causalen Zusammenhang mit der Wirkung des Glycerins zu bringen sind; eine zweite Versuchsreihe ergab die nämlichen Resultate, wenn auch nicht mit solcher Evidenz als die erste, da wir gleich beim ersten Auftreten verdächtiger Erscheinungen die Kur unterbrachen. Schultzen sah nach monatelangem Gebrauch keinen Nachtheil. Mit diesen eigenen Beobachtungen stimmen die in den letzten Tagen von Blumenthal erlangten Resultate völlig überein, 'die ich deshalb noch kurz mittheile. Blumenthal reichte einem Diabetiker, welcher schon die verschiedensten Mittel und eine Badekur ohne wesentlichen Erfolg gebraucht hatte, und der in einer Harnmenge von 2000 Cbctm. 50—55 gr. Zucker pro die ausschied, nach Schultzen's Vorschrift täglich 20 gr. Glycerin. Nach einem 6tägigen Gebrauch betrug die Harnmenge 2700 Cbctm. bei einem erhöhten specifischen Gewicht und einer Zunahme der Zuckermenge um das Doppelte. Die Wirkung des Glycerins lag klar vor, und wurde noch zweifelloser, als nach Aussetzung desselben die Zucker- und Harnmenge wieder auf die vor dem Gebrauch des Glycerins bestandene Höhe herabgingen. Um auch die Wirkungen einer grösseren Dosis zu beobachten, wurden bei absoluter Fleischdiät an 7 hintereinanderfolgenden Tagen je 30 gr. Glycerin gegeben. Die Resultate waren dieselben: die Harn- und absolute Zuckermenge waren bedeutend vermehrt, das specifische Gewicht stieg zuerst, zuletzt fiel dasselbe. Eine Fortsetzung der Kur unterblieb auch hier, da eine offenbare Verschlimmerung des Allgemeinbefindens eingetreten war. Versuche mit einer Dosis von 50 gr. pro die wurden später nicht angestellt.

Nach einer dem Verfasser gemachten mündlichen

Mittheilung über die Wirkung des Glycerins bei einem andern Diabetiker, sprachen auch hier die Erfolge keineswegs zu Gunsten des Mittels.

Sehr interessant ist in dieser Beziehung die Mittheilung eines französischen Beobachters in seinen „Observations cliniques sur les effets du regime et de divers medicaments chez deux diabetiques." L'effet de glycerine était: Augmentation de la soif, de la sécretion urinaire et de la quantité totale de sucre éliminé, diminuation de la densité de l'urine. (Gazette medicale 1864).

Im Folgenden gedenke ich einen kurzen Ueberblick über die Aetiologie, Pathogenese, Symptome, Verlauf, Prognose und Therapie des Diabetes mellitus bei Kindern nach den bisherigen Beobachtungen zu geben.

Was zunächst die Aetiologie anbetrifft, so ist es bei der gegenwärtigen höchst mangelhaften Kenntniss über dieselbe ausserordentlich schwer, ein sicheres Causalmoment für jeden einzelnen Fall aufzufinden. Wenn nach den verschiedenen Krankheitsgeschichten gewisse Schädlichkeiten als veranlassende Momente hingestellt werden, so würde, da diese oft auf den Organismus einwirken, Diabetes mellitus eine sehr verbreitete Krankheit sein. Aus der Reihe der vielbeschuldigten Hauptursachen hebe ich den reichlichen Genuss von Amylaceen und Zucker hervor, der, wenn er als solcher allein die perniciöse Krankheit herbeiführen könnte, den Diabetes mellitus unter den Kindern der unbemittelten

Volksklassen zu einer heimischen Krankheit machen würde, da an Stelle der Milch oder genügender Fleischkost oft die wohlfeilsten Nahrungsmittel, Kartoffeln und Brod, gesetzt werden. Wenn nun zwar aus den vergleichenden Zusammenstellungen hervorgeht, dass Diabetes mellitus bei Kindern ärmerer Eltern häufiger, als denen wohlhabender Eltern, vorkommt, so dürfte der Grund dieser Erscheinung vielmehr darin zu suchen sein, dass die Unzweckmässigkeit und die Dürftigkeit einer solchen Kost überhaupt die Schädlichkeit für den Organismus involvirt, da die für die Erhaltung und Entwickelung des Körpers nöthigen Combinationsverhältnisse zwischen den plastischen und respiratorischen Nahrungsmitteln nicht vorhanden sind.

Hereditäre Disposition spielte in der Aetiologie eine wichtige Rolle; in einem Falle litt die Mutter, in einem zweiten litten mehrere Geschwister an Diabetes mellitus. Dem eigentlichen Diabetes war in einem dritten Falle eine Erkrankung der Centralorgane vorangegangen: Patientin, deren Mutter geisteskrank gewesen war, hatte viel an nervösen Kopfschmerzen gelitten, bevor die Allgemeinerscheinungen des Diabetes auftraten. Ein sicher constatirtes aetiologisches Moment war bei einem 11jährigen Mädchen das trauma nämlich „un coup sur les reins", kurze Zeit darauf trat Diabetes auf. In dem vom Verfasser mitgetheilten Fall, war ebenfalls ein trauma vorangegangen. Patientin erlitt nur eine kleine Verwundung am Kopfe, dagegen eine ziemlich starke Allgemeinerschütterung des Körpers, jedoch muss es dahingestellt bleiben, ob der Fall das Causalmoment für die Entwickelung des Diabetes abgegeben hat, da fast in allen Fällen von traumatischem Diabetes die charakteristischen Erscheinungen in kürzester Zeit nach dem trauma auftreten, was auch Griesjnger bei den von ihm beobachteten Fällen constatirt. In diesem Falle bleibt jede erbliche Disposition ausgeschlossen, da sich Eltern und Geschwister der besten Gesundheit erfreuen, und niemals an Diabetes, Geisteskrankheiten, Epilepsie oder Syphilis gelitten haben; der Einwirkung anderer beschuldigter Schädlichkeiten war sich Patientin nicht bewusst.

In zweien der beobachteten Fälle waren mehr weniger schnell vorübergehende gastrische Zufälle vorangegangen, wie sie bei Kindern nach unzweckmässiger Nahrungszufuhr oft entstehen; einmal traten alle Symptome einer Febris gastrica, grosse Müdigkeit und Mattigkeit, Brechneigung, starker Durst, Constipation, Kopfschmerz und Temperaturerhöhung vorher auf. — In der Mittheilung der übrigen Fälle ist keines aetiologischen Momentes Erwähnung gethan.

Die Dauer der Krankheit ist im Allgemeinen schwer zu bestimmen, da man selten in der Lage ist, die Zeit des Beginnes sicher zu constatiren. Die ersten Symptome werden oft übersehen, und in der Regel hat das Leiden schon einige Zeit bestanden, bevor die Kranken durch den auffallend vermehrten Durst und Hunger, sowie durch die grosse Urinmenge auf ihr Leiden aufmerksam werden. Soviel allerdings lässt sich nach den Zusammenstellungen als sicher annehmen, dass, je jünger das Individuum, desto schwerer die Affektion und desto rapider der Verlauf; so dauerte z. B. bei einem 11jährigen Mädchen die Krankheit 3 Jahre, bei einem andern gleichen Alters 2 Jahre, bei einem 6jährigen Mädchen 6, bei einem 2jährigen Mädchen 4 Monate. Nur in einem Fall, bei einem 12jährigen Mädchen, dauerte die Krankheit nur 4 Wochen nach dem sichtbaren Beginn derselben.

In Bezug auf die Häufigkeit des Vorkommens des Diabetes bei beiden Geschlechtern, ist das interessante Faktum zu constatiren, dass von den beobachteten 12 Fällen, 10 auf Mädchen und 2 auf Knaben kommen, während die Durchschnittsfrequenz von Griesinger aus einer grossen Reihe theils eigener, theils fremder Beobachtungen, bei männlichen Kranken dreimal grösser gefunden wurde, als bei weiblichen. Die Differenz der Betheiligung beider Geschlechter ist schwer zu erklären; die darüber aufgestellten Theoricen sind rein hypothetisch und keineswegs geeignet, in das von jenen erfüllte Gebiet in dieser Beziehung etwas Klarheit zu bringen.

Der Symptomenkomplex des Diabetes mellitus ist bei Kindern im Grossen und Ganzen derselbe, wie bei Erwachsenen. Wir sehen auch hier als die auffallendsten und charakteristischsten Erscheinungen, die Entleerung enormer Quantitäten eines hellen Urins von einem hohen specifischen Gewichte und einem konstant sehr grossen Procentgehalt an Traubenzucker, dabei sehr starken Durst und vermehrten Appetit. Die Harnmenge ist in den meisten Fällen eine bedeutendere, als die bei Diabetes mellitus älterer Individuen beobachtete. Während nämlich nach Seegen bei diesen eine 24stündige Harnmenge von 5000 Cbctm. schon eine sehr bedeutende ist — die meisten Diabetiker secerniren 3—4000 Cbctm. Harn in 24 Stunden und unter 140 von ihm beobachteten und mitgetheilten Fällen nur in einem Falle 6800 Cbctm. secernirt wurden, betrug die 24stündige Menge in dem von Brown beobachteten Fall ziemlich konstant 5 bis 6000 Cbctm. Verfasser beobachtete gewöhnlich 5 bis 6000, einmal 7840 Cbctm. Seegen bei seinen 11- und 12jährigen Patienten 4—7 Pfd.; Hauner 5—6 bairische Maass. Senator 3—4000 Cbctm. In allen Fällen ging also die 24stündige Harnmenge weit über die Norm hinaus, nur in dem von Schmitz mitgetheilten war die Diurese sogar vermindert. Bei dem Diabetes Erwachsener besteht in vielen Fällen keine Polyurie.

Nicht minder verschieden ist der procentische Zuckergehalt, und die absolute Menge des in 24 Stunden ausgeschiedenen Zuckers. Das Maximum betrug in dem von Gelmo (Jahrb. für Kinderkrankheiten) mitgetheilten Fall 15%, Heiberg fand 8%, Seegen 7 bis 9%, Verfasser 7% einmal 8,4%, Schmitz 5,8%, Senator 3,8%; ein sehr bedeutender Zuckergehalt ist in den übrigen Krankheitsgeschichten ebenfalls angegeben. Die 24stündige Zuckermenge betrug bei 7840 Cbctm. Harn 590 Gr. Seegen beobachtete bei Diabetikern gewöhnlich 3—5%, bei schweren 5—8%, nur ein einziges Mal 10% Zucker im Harn; dem entsprechend ist auch die 24stündige Menge bei weitem unbedeutender, als in der Regel bei Kindern.

Der nur dreimal beobachtete procentische Harnstoffgehalt war verringert, die absolute Harnstoffmenge vermehrt, sie betrug circa 50 Gr. pro die — ungefähr auch die Durchschnittsmenge bei Erwachsenen.

Als interessantes und wichtiges Moment wird von

Herrn Dr. Senator hervorgehoben, dass in drei Fällen zuerst Enuresis nocturna auftrat, und deshalb bei Kindern ganz besonders darauf zu achten sei, da sie unter Umständen zur frühzeitigen Erkennung der Krankheit beitragen könne.

Bei 2 Patientinnen war der zuckerhaltige Harn die Veranlassung zu einer sehr peinigenden Erscheinung: in der Umgebung des Orificium urethrae, sowie an der rechten grossen Schamlippe hatte sich bei der einen ein Eczem auf der Vulva, bei der andern auf dem Perinaeum und in der Analfalte eine erythematöse Schwellung gebildet. An den Extremitäten bildete sich mehrmals Oedem, ohne dass Eiweiss oder Formenelemente im Harn sich gefunden hätten.

Der Digestionstractus bot (im Allgemeinen) folgende Erscheinungen dar: den ganz charakteristischen Foetor ex ore, Brechneigung, Erbrechen, Schmerzen im Abdomen und sehr starke meteoristische Auftreibung und Spannung desselben, in den meisten Fällen sehr hartnäckige Constipation, sehr selten Diarrhoe. Bei längerem Bestehen der ersteren hatten sich in 2 Fällen so bedeutende Faekalmassen in der ganzen Länge und Ausdehnung des Colon angesammelt, dass man bei der Untersuchung des Abdomens einen quer verlaufenden, dicken, wurstförmigen Strang durchfühlen konnte; dabei bestanden heftige kolikartige Schmerzen. Durch die Ansammlung von Gasen in den Gedärmen wurde das Diaphragma höher getrieben, so dass ziemlich starke dyspnoetische Beschwerden entstanden.

Mit diesen Erscheinungen vergesellschaftete sich allgemeines Unbehagen, grosse Müdigkeit und Mattigkeit,

Verdriesslichkeit, Empfindlichkeit, Abneigung gegen Be-
schäftigungen oder Spiele, und ein unwiderstehliches
Verlangen nach absonderlichen Sachen.

Von Complicationen wurden ausser den bereits erwähnten Excoriationen an der Vulva, Caries der Zähne,
Turunkelbildung, Cataract, Abnahme des Sehvermögens
ohne Trübung der Augenmedien, Defluvium capillorum,
käsige Bronchopneumonie, Tuberkulose beobachtet. Der
lethale Ausgang wurde durch letztgenannte Erscheinungen, durch den höchsten Marasmus, durch Hirn-
hyperämie und Apoplexie herbeigeführt.

Differentialdiagnose. Der Diabetes, mellitus verus
ist von Diabetes insipidus leicht zu unterscheiden, der
sich durch vermehrten Durst und reichliche Entleerung eines wässrigen nicht zuckerhaltigen Urins von
sehr niedrigem spezifischem Gewicht charakterisirt, wie
er beobachtet wird, sobald . die Digestions- und Assi-
milationsvorgänge in frühester Kindheit auf längere
Zeit ernstlich gestört werden, wenn die einfache aber
sehr animalische Diät der Säuglinge mit der verschiedensten Nahrung der Kinder vertauscht wird, in Folge
dessen sich leicht eine excessive Thätigkeit und Funk-
tionsstörung der Nieren bemerkbar macht. (West-
Henoch); zu unterscheiden ist er ferner von der bisweilen beobachteten transitorischen Glycosurie bei
Dentitio difficilis. Die Diagnose ist durch den Nach-
weiss von Zucker im Harn bei stark vermehrter
Diurese und die mit der Zuckerausscheidung ausserordentlich schnell vor sich gehende Consumption der
organischen Materie gesichert. Die Untersuchung des
Harns ist bei der Vollkommenheit der chemischen und

physikalischen Methoden leicht. Verfasser hält die Trommer'sche Probe für die beste und bequemste, da sie bei den vielen angestellten Versuchen ein schnelles und sicheres Resultat lieferte, und an Empfindlichkeit alle anderen Proben übertraf. — Mit Recht empfiehlt Schmitz eine sofortige und genaue Untersuchung des Harns bei allen Krankheiten, als ein sicheres Unterstützungsmittel für eine frühzeitig zu stellende Diagnose, da die meisten Fälle von Diabetes mellitus erst nach längerem Bestehen erkannt würden.

Bei der allmähligen Consumption des Körpers kann leicht, ohne eine genaue und wiederholt vorgenommene Untersuchung des Harns, die den Diabetes mellitus oft concomitirende Lungentuberkulose als das eigentliche, primäre Grundleiden aufgefasst werden. — Die Prognose richtet sich im Allgemeinen nach der jedesmaligen Form des Diabetes. Während bei der mildern Form, wo nach Zufuhr ausschliesslich stickstoffhaltiger Nahrung der Zucker im Urin entweder ganz oder bis auf ein Minimum schwindet, und nur nach amylaceenhaltiger Kost wieder auftritt, die Prognose eine relativ günstige ist, muss sie bei der schweren Form, wo trotz absoluter Fleischdiät die Zuckermenge im Harn nicht abnimmt, sondern ziemlich constant dieselbe bleibt, als eine durchaus ungünstige bezeichnet werden. Der Diabetes mellitus der Kinder ist ein sehr hochgradiger und gehört fast ausnahmslos der schweren Form an. In den mit getheilten 12 Fällen erfolgte der Tod in einem Zeitraum von einigen Monaten bis zu 3 Jahren, nur einer hatte einen günstigen Verlauf.

Therapie. Von den vielen gegen die Zuckerharnruhr gepriesenen Mitteln wurden bei Kindern am häufigsten Opium, Leberthran, kohlensaure Alkalien, Arsenik, Eisen, einmal das Glycerin angewandt — alle ohne wesentlichen Erfolg. Wir können der Indicatio causalis und der Indicatio morbi nicht entsprechen, ersterer weil wir die Ursache des Diabetes oft nicht kennen, oder, wenn wir sie kennen, nicht zu beseitigen vermögen, letzterer weil wir kein specifisches Mittel besitzen, welches den verderblichen Process coupiren oder rückgängig machen könnte, und beschränken uns, die Erfüllung der Indicatio symptomatica anzustreben, und zwar weniger durch medikamentöse Verordnungen, als vielmehr durch diätetische Vorschriften. Ich unterlasse, sie in ihrer Vollständigkeit an dieser Stelle anzuführen. Wenn jedoch schon bei Erwachsenen die von einigen Autoren verlangte strenge Durchführung einer absoluten Fleischdiät auf längere Zeit oft unmöglich wird, da die Verdauung dabei gestört wird, so ist dies bei Kindern in noch viel höherem Masse der Fall, so dass es, da überdies die Zuckerausscheidung bei absoluter Fleischdiät ungemindert fortbesteht, zweckmässig und gerechtfertigt erscheint, ohne den Kranken erheblichen Schaden zu bringen, bei zwar vorwiegender Fleischdiät, durch Zusatz eines, wenn auch nur unbedeutenden Quantums von Amylaceen, eine dem Organismus zusagende Combination zu gestatten: der Zustand des Kranken wird erträglicher und seine Kräfte werden länger aufrecht erhalten.

Verfasser, geboren am 22. December 1847 zu Doberwitz, Kreises Glogau in Schlesien, evangelischer Confession, erhielt seine Schulbildung auf dem Königl. Evangelischen Gymnasium zu Glogau, welches er seit Ostern 1861 besuchte und Michaelis 1868 mit dem Zeugniss der Reise verliess. Ostern 1869 wurde er auf der Friedrich-Wilhelms-Universität in Berlin immatrikulirt, wo er am 14. März 1872 das Tentamen physicum, am 16. März 1873 das Examen rigorosum bestand. Während seines Quadrienniums besuchte er die Vorlesungen resp. Kliniken folgender Lehrer: Bardeleben, du Bois-Reymond, Brauu, Busch, Dove, Frerichs, Hartmann, Hirsch, A. W. Hoffmann, v. Langenbeck, Lewin, Liebreich, Martin, Meyer, Munk, Reichert, Ruge, Sadebeck, Sell, Schultzen, Schultz-Schultzenstein, Traube, Virchow, Wegener.

THESEN.

1) Der alleinige Nachweis von Zucker im Harn genügt nicht zur Diagnose des Diabetes mellitus.

2) Die subkutane Sublimatinjektion verdient vor den übrigen Applikationsmethoden der Quecksilberpräparate bei Syphilis den Vorzug.

3) Absolute Wehenschwäche ist keine Indication für die Zange.